# 地老天荒

# 目次

# 冬

數九的天空陰沉
雪野上的烏桕樹死了
風撥著電線哀泣

開學了，寂寞的校園
生出一朵朵躍動的鮮花
紅紅的，綠綠的

拍手遊戲
春天正從這裏走出來
通往世界

1987改
（刊《淮風》詩刊）

# 貓

我們很熟悉頗友好
有次確實厭了
想一腳踢開，結果
被一爪撓痛了心
此後再不敢存邪念

彼此總又走不近
我們之間缺座橋梁
靜靜地蹲在腳邊
寂寞是隻溫柔的小花貓
可憎又可親

1988/7/31

（刊《蕪湖日報》）

# 鳥語

一聲鳥語滑落
在山谷
坐在石上多久不知
石頭坐了多久也不知
一定很響亮
時間流淌的聲音
在枝頭只有
滑落的鳥語
石上那點綠苔

這是我
最後一個春天
沒有第三者的目光
切割，亦如鳥語盈盈
西山雲絮裏的紫蛋
同我們一起
滑落暮靄
順著斜暉
又一聲鳥語

1989/4/16

（刊《蕪湖日報》）

## 陰影

半起半落，窗簾
掀動瘦零零的風
你不會再來
遺下黃昏滿樹
黃葉隨風沉落

又是淫雨霏霏的秋天
又是獨立西窗的傍晚
黃昏擺脫不了身後的陰影
我擺脫不了你的思念

滿樹的風一天天凋零
可我們不能遠離自己
去分娩一種痛
一種苦

1989/9

## 傳奇——寫在候診室

響過漢唐明清響過陽關
響過山陰響在窗外的黑松林
連串的響馬的銀鈴
喚醒夢中酒中病中人
不期而至呵前世的小冤家

（花兒早開又早謝）

每每心持戒備又總不見
任何越境的徵兆而今
陡聞愈來愈近的蹄聲
足足吃了一驚又束手無策
面對白衣人的刀光燈影

（此時此地怎容你安身）

當扶起殘弱的軀體只見灰塵
響馬揚起的灰塵
迷糊住落日的視線之後
傳來一聲長嘶之後
青山依舊、白塔依舊

（一弦悵然冷冷升上了東山）

1991/3/11改

# 呵，根

夜點亮桌上的燈
燈點亮掌上的書
書點亮我的眼睛，於是
目光探進歷史的傷口：大地無辜

羊群順著牧者的鞭子
從南逃到北，從東奔到西
稚者的迷狂
焚毀屬於我們的美麗家園

頓悟時已成祭壇上的犧牲
呆滯而麻木，聽任神祇的安排
風暴風暴過後群山恒在蔚藍的
星空恒在只有心靈

怯弱的心靈在退潮後的
泡沫中破碎幻滅但是水呵水
洗不盡長街橫陳的血跡
機器呵機器碾不碎小草崛起的意志

春風料峭但看桃李
不惜搖落芬芳怒拳忿舉攻打天空

驚起一聲雷喚醒土地深處的根
呵，根……

1991/5/4
（刊《詩歌報》月刊）

# 異鄉客

石榴瘋狂錘打風，
骨肉一朵朵炸裂：
鐮刀遍身鏽紅病在老屋，
久久將我們懷念。

一群人擠火車在某個小站，
而擠與不擠都妄然，
早就客滿，這是現狀。
為什麼我們還要希望？

圍繞大地旋轉星空：
圍繞欲念旋轉生活。
洪水之河
拚命泅渡一隻餓鼠

生命如煙在手
悄然燃向
灰燼。
誰能把握自己像把握這支煙！

在垃圾桶內抽出一張紙，
玩了一會兒扔在你腳邊：
「此身已非我，
我痛心疾首，唉⋯⋯」

候鳥越過頭頂溶進割麥插禾的風景
雙手空空，我在街盡頭，
兩眼很深的鄉愁，
在雨季裏發炎。

1991/6/9

（刊《詩歌報》月刊）

# 八大山人

委一片孤舟
浪跡江湖
如一柄落葉
漂泊在精裝的畫軸

昔日的花團錦簇
幻成了雲，化作了煙
哭之也好
笑之也罷

反正是憑一支禿筆
渲染心中的哀憤
於那魚鳥的乜斜
在宣紙的雪白中

1992/9/6改

（刊香港《詩》雙月刊）

# 漂給屈原

歷史如果是這大江
此刻，駕一葉扁舟
我溯流而上
到兩千年前的汨羅江
將三閭大夫拜訪

遠遠聽見你在江邊行吟
一個精瘦精瘦的身影
猶如古劍閃著冷鋒
洶湧的千頃波濤
淹沒不了你的悲聲

可惜我來遲，太遲了
一路的舌粲蓮花和裙底風雲
耽誤了行程，趕到江邊
迎我的竟是一團深深的旋渦
其中冤屈苦苦地理也理不清

三閭大夫呵世間不見溫暖
唯有爾詐我虞，利欲薰心
江水雖清洗不淨你一身創傷
洞庭雖闊容不下你楚國詩魂
披肝瀝膽只怪你太誠太真

徹夜難眠，船頭吟離騷經
忽見你的遊魂在波濤之上

你的楚歌在鼓聲之上；你的
漁父山鬼，你的河伯湘君
在所有的，所有的龍舟之上

1992/9/16

# 生活

今夜月色只有三成熟
在我眼裏釀出九分醉意
聽著妻子嬌美的鼾息
湧起一絲甜蜜的酸楚

來日方長，有的是猛虎餓狼
每一位死神的拜訪我接受
如富翁滿足乞丐的祈求
毫無吝嗇，除了對愛的渴望

經過了無數次狂風暴雨
築巢在搖曳的生活之樹
選定這路當初就沒有疑懼
面對身後泥濘且載歌載舞

我們收穫因為有付出
我們幸福因為有痛苦

1992/9/11晚

（刊臺灣《門外》詩刊）

# 九華之秋

秋衣斑斕
掛在楓林。草垛
一堆一堆金黃的堡壘
守住村頭

隨手拋出的
點點符號，寒鴉
將秋韻標點成
一首詩，現代又古典

在竹籬旁邊
幾隻蘆花雞
俯首閱讀
冠子肥紅肥紅

父輩們圍坐老樹下
翻出往事供大家欣賞
而炊煙正柔柔地升
像升起一首挽歌

1992/10/30

# 中秋月色記

那不是地上霜，是蛇
滿地的銀環蛇
群山孵出的赤裸的
精靈，從山月
那圓圓的洞窟紛紛
潛出，啾啾
爭食山村的寧靜

一陣山風
失落了松果
打碎碧潭的眼睛
夏季就在那漣漪上
自縊，不留痕跡
門前流水
淙淙然三千年
古舊的瓦堞
只是不言語
冷然等待天外的霜雪

我們是一群過客
只是過客
且無有故鄉……

1992/9/13

（刊《詩歌報》月刊，
入選《新時期中國詩歌地理（安徽卷）》）

# 述懷篇

黑髮逐漸漂白，夢掉落
在一堆時間後邊
記憶之手輕拂這些
殘骸，餘熱滿掌
仍是一片驚心

聽，你傾聽，一個聲音
滾過天庭，把我心揪緊
春暖花開，草木爭榮
那時節我卻在夢中
對生活的罪惡盲無所知

懵懂地獨自踏上一條
不合時宜的偏僻小路
憑著一腔激情翻山
越嶺，探求著高貴與自由
全然不覺一身汙泥穢土……

而今，雨收雲散
心頭充滿我對人生的鍾愛
和期許。炎夏轉眼到來
自詡主宰萬物的幼稚
不復存在。歷史重新去咀嚼

一切都成為過去
且感覺到體內秋來的隆隆聲

自從呱呱墜地開始，你就在
暗中將我追殺，時光呵
是否允許每一個生命都放出光華

「難得糊塗」是板橋良藥
儘管我就著水酒一飲而下
又怎敵那滿心徹骨的風寒
想是存放太久已有副作用
只覺得一陣頭暈眼花

彷彿看見地獄的陰森
渾身打了個冷顫，並非懼怕
而是傷心從我身邊流逝的……
一仰首，喉管裏一支
天鵝之歌咆哮而出

時光呵無聲地剝蝕著歷史
一頁又一頁：最後，
只剩下冷肅的幾根
白骨，在空曠的荒野
嗷嗷哀鳴

1992/6/20作

25歲紀念

# 蝴蝶夢

翩躚從莊周的夢裏
脫穎而出一隻蝴蝶
越過悠悠歲月
在我眼中醒來

看你是山
又不是山
觀你如水
又不似水

黑色的（比死亡更深）
周身散發著莫測的光
如同太空神祕的黑洞
你飛翔在自在之中

三十年前我未來時
你已來
三百年後我不在時
你還在

忽上忽下能大能小
演替於天地間
輪迴在生死中蝴蝶
此時你在哪座樓裏打坐

也許絕對我無法遇見
也許根本沒有醒來
也許就在我面前
也許早已飛到未來

1992/5/18晚

# 紙船

折疊小小的紙船
小小的時候最喜歡
門前一道小小的春水
我的小小船揚帆

在不遠的地方擱淺
被雨水濕透，翻了船
然後又折一隻拿來
怎麼也不知道厭煩

直到雨停水乾
滿地是散落的紙船
沒有一隻駛入海洋
小小心中一片茫然

真希望再下一場雨
一道小水流過門前
睡夢中還在叫喊
我的小船，我的小小船

1993/5/31

# 登岳陽樓記

魚米之鄉亦盛產名勝
公費也好，自費也罷
都得排隊、等待、買票
然後魚貫而入
此刻，岳陽樓表情肅穆
吞進一批遷客又吐出一群遊子

熠熠生輝且不朽
建在文正公文集中，一座紅樓
不大不小，文學結構
吸引著歷代多少騷人
然則在打撈的贗品前
卻嚴禁拍照，我們所登臨的
不是子京所修更非魯肅閱兵樓
在巴陵街頭，君山一側，宛如
一頂頭盔遺落於此，全然不聞
操練水師的號令，唯濤聲依舊

據說，修此樓沒有用一根鐵釘
繞一樓二樓又繞三樓轉一圈
我發現這樓便是一枚
大釘，楔合在進亦憂
退亦憂裏，將水域和陸地
歷史和現實，你和我

1993/5/13

# 井

井把腳伸入土地
內心盈滿水的德性
月影醉臥其中
不動聲色

人們小心打探下去
總會得到甘冽的回報
井是一隻豐乳
旱季裏越發動人

那水淋淋的身子
在歲月的長河旁
坐穩自己的位置
同焦渴的心靈對話

使用水的言語
滋養遊子的鄉愁
井成了文明的商標
註冊在歷史首頁

1997/2/23

（刊香港《詩》雙月刊，
入選《新時期中國詩歌地理（安徽卷）》）

# 一窗蛙語

整個冬季
你小心沉默
蟄伏黑暗
傾聽地火的運作
不飲也不食
大地多寒你的心就多寒

記得去年的荷塘
你從此葉跳到彼葉
為覓生芻，不停游擊
一次次繞開陷阱
咚咚咚竟越過了夏天
躲進時間的縫隙

在黑暗中等待
漫長而疲憊的過程
如蝌蚪變成蛙
從水底爬上了岸
你於千年的黑中
悠悠睜開眼

今夜，聽到你的
第一聲宣言
儘管不甚響亮
但歷史已掀到新頁

心頭像爬過幾隻螞蟻
令我徹夜無眠

1997/3/31

# 花樣年華

我不敢相信自己的眸子
更不敢相信自己的記憶
這麼近的距離，這麼遠的時光
邂逅在異鄉學校的明亮走廊
昔日多少人的夢中女孩
韶華已逝，風韻不再
憔悴這麼快將你捕獲
我驚訝，美是如此脆弱

油然記起青春時光，你的美麗
如玫瑰含苞待放，那嫩嫩的
粉紅叫人不忍也不敢去碰觸
好像一動就從你的臉上掉落
那柔柔的嗓音，是靜夜蕭聲
聽得人如癡如醉，如失魂
人說你七分像黛玉三分似西施
好多人為你傾倒，不辯東西

當我的目光鉤住往年的記憶
心跳不覺就加快，看見你
六月一個暴風雨後的下午
空氣清新，陪伴你的一位
仰慕者到府上拜訪。一路
我聽他傾吐滿腹煩惱和苦水
說他的外在壓力，家庭阻隔
你的矜持與兩可，你的不冷不熱

而我只能將他安慰，局外人
幫不上忙，聽一聽他的心聲
減輕一點負擔，於事也無補
在你的閨房，曾有一股衝動
想把他的委屈與感情和盤托出
轉而我想，其實你根本不用
提醒。人說戀愛中的女孩最聰明
男人最愚蠢。這例子就是證明

當一切都結束，不知你是否
選中最好的人，或者最愛的人
是否找到最完美的歸宿
關於你後來的一些傳聞
我已不太在意。經過自己的
選擇，我們站在不同的高度
看到不同的風景，有失也有得
無可指責。愛是美麗的錯誤

才子佳人只是落泊文士的心頭夢
紅顏薄命才是千年血染的古遺訓
今天，客氣地打招呼，相見匆匆
而你臉上布滿辛勞和疲憊的皺紋
深深咬痛我的心：時間之手
掐去了那朵花。輕輕地竊取了
你的美貌，你的驕傲，你的瑰寶
那不朽的愛呵，怎樣的價格能收購

碎了你的心，破了我的夢
在這資本的時代，什麼能出賣
什麼能購買，告訴我，青春的市價
（不是美容店的工藝品）誰將
白髮染青絲在自娛自樂
而那天生麗質何處可求
回首，你的背影消失在門後
孩子們的燦爛笑聲從身邊流過

將與我們不同，他們的花季
但美麗的事物總是稍縱即逝
宛如曇花一現，轉眼無影無蹤
虛榮使人的腳步飄飄欲仙
往往失陷於這巨大的迷宮
你看空中的燕子舞姿翩翩
明年歸巢已非今日之鳥
再見了，夢中女孩你好好

2003/6/12

# 遙寄江弱水[1]

又是流光溢彩的七月
樹頭知了的詠歎調
將時光拉得老長老長

今夏，你是否還想
搖起大蒲扇，守著一堆
又大又圓的西瓜

向路人吆喝：嘗一嘗
快來品嘗，剛到的鮮貨
你看這青翠的瓜皮

豔紅的瓜瓤裏點綴一些
黑色的夢。一刀剖開
嘩啦一聲，瓜農的祕密

全部暴露。不要學城裏人
切成小塊，拿牙籤戳起
小口小口地品嘗；或是

放進果汁機中榨成汁
倒入杯子，插根吸管
慢慢飲，那都不過癮

---

1 江弱水，青陽人，香港中文大學哲學博士，浙江大學教授。

要吃，就吃那大塊
往樹蔭裏一蹲
一口咬向最紅最深處

滿嘴江湖味，這才叫痛快
每當我手握你的詩文
就想起你的破瓜妙語

如同捧著那大西瓜
在你的指引下
我嘗到了從前沒有嘗過的滋味

那是一種叫藝術的東西

2003/7/25午夜
（刊《池州日報》）

# 秋來

那次邂逅
回首不見
落葉隨秋
在我腳邊

一聲輕喟
波紋一片
占據額頭
恍然而過

神祕之手
拂過荒丘
稀疏毛髮
瑟瑟顫抖

白霜落上
一望蒼茫
推開西窗
遠眺夕陽

時間之外
漁歌傳來
回顧人生
黯然神傷

2003/8/1

# 紅燈記[2]

淡淡桃紅，夢的流蘇
小巧而玲瓏，一盞紅燈
懸掛在歷史的窗口

古典而溫馨，籠罩著人生
這場盛宴。為分享一份生活
而奔忙或殺傷，芸芸眾生

在風雨中，轉眼走過
消失於塵土；惟有燈紅依舊
燦爛在歲月的長河

燭照那些滄浪裏的飛舟
那些淤泥中的殘骸
人類文明的全部傷口

在黑暗中，吶喊不絕於耳
且膿血湧流不止
我們時代的晚期癌：

獨裁或制裁，愛滯或殺死[3]
汙染或暴亂，股票或選票
移民或難民，政治或軍事

---

[2] 韻式：ABA BCB CDC
[3] 愛滋病和SARS（非典）。

如疫情蔓延，從119到911
一幕悲涼呵，從西方到東方
荒誕又荒唐，從遠古到今朝

浮世繁華，令人唏噓感傷
誰還在陰影裏粉飾太平
不顧弱小者無辜者的存亡

霓紅的萬花間什麼也看不清
而這歷史的紅燈閃爍，但願
讓我們稍稍有一點警醒

站在新世紀的窗前
窺視黑夜怎樣把萬家燈火
漸次點燃像點燃聖火在祭壇

我們祈禱：化干戈為玉帛
愛在今生今世能夠開花結果

2003/8/7改

# 掌紋

旅途多舛的時節，
展開手掌仔細看：
愛情線把事業纏，
運氣越來越曲折。

既然命中早安排，
瞧這交錯的紋絡，
人生有多少坎坷！
算命先生怎更改？

要改還得靠自己。
盡心盡力去抗爭，
楚歌聲裏不放棄。

黃昏能對世人說：
沒有後悔更無恨，
一切皆在我掌握。

2003/8/9

# 我是貓

是的，我是貓。別笑話
當人們沉迷於金山銀海
滿腹油水已撐開褲腰帶
我正熬紅雙眼在孤燈下

為推敲幾行字費盡心機
你卻在夢鄉甜蜜地漫遊
口水打濕柔軟繡花枕頭
什麼正義和邪惡都忘記

而我只是鍾情夜的寂靜
往往傾心於靈府的安寧
靈感之鼠常常此刻出沒

我總是小心翼翼在守候
稍縱即逝過後難以捕捉
像隻貓我是捕鼠的老手

2003/8/22

# 廣陵散——嵇康小記

那撫琴的手
也能打鐵
那寫詩的手
不能打仗

二十年未見喜慍之色
你尚不能保身
何況岩岩若孤松
風姿特秀

在大樹下
你舞動鐵錘
叮叮噹噹
鍛造一種風度

一錘砸下
砸在山濤眼上
砸在鐘會腰上，司馬心上
砸在你四十以後的歲月上

在屠刀下
你手揮五弦
俯仰自得
演繹一曲絕響

一刀砍下
灑落一腔熱血
拋棄一具皮囊
樹立一尊不倒的形象

而廣陵不散
縈迴在蒼翠的竹林中
且絕響不絕
遺留在民族的傷痛中

2003/9/18

# 紅豆

（紅豆生南國）

沒有見過
我只見過相思
花是淡淡的
果是酸酸的

（春來發幾枝）

相聚時不見
相離時出現
也不一定在春天
也不一定是少年

（勸君多採擷）

豈敢多採
一粒
就夠你
把玩一生

（此物最相思）

相思是疑難病
許多人因此喪命

紅豆能醫治
不妨一試

2003/9/26

# 故鄉

秋後的土地一派淒涼
乾癟的乳房
在空曠的目光中搖晃
穀粒閃爍著陽光

辛勞的汗水是否得以補償
雙親年邁，沒有奢望
脊背駝起像座山崗
匍匐在瘦瘠的大地上

我把老屋的門環拍的山響
童年的記憶在空空迴盪
為了夢想我們遠離村莊
故鄉成了夢中的幻象

我的搖籃，我的穀倉
這兒山山水水叫人舒暢
我們祖先在此埋葬
而一些人已將她遺忘

2003/9/10

# 紅葉

你多麼壯懷激烈
袒露隱藏已久的祕密
向山川及星辰日月
你橫陳你的焦渴

天地為之色變動容
在無邊的秋風中
你只有將自己點燃
焚毀最後的夢想

於是，我們感覺到
寒冷。肅殺。和喧囂
彷彿又回到從前

在世人紛繁的目光間
我們鬱鬱，我們瑟瑟
宛如在自焚的紅葉

2003/10/2

# 鄉愁解

鄉愁是
遊子的
一座山
一湖水
一顆星
一杯酒
一粒藥
一盞燈
一根繩
一把刀
一張床
一條路
一塊碑
一道符
一個夢
……
說是一物都不中
都是誤解
鄉愁，狗日的
無解

2003/9/18

## 指紋

如一塊石頭投入湖心
漾開一圈圈漣漪，那指紋
是箕，清晰可辨，印在
脫釉的古老陶片上
先人無意留下的
一枚指紋，擾動我的心
幾經幾遭幾劫，人已遠去
罐也破碎。無名的工匠
你的姓名，容貌，無法知道
但指紋是你來過的證明
如今，你已遠去
彷彿一切都沒發生
而那指紋叫我驚喜感歎
陽光照你照我照後人
我能留下些什麼
讓他們懷想，如你留下
這圈圈漣漪打動我的心靈

2004/1/24

（入選《新時期中國詩歌地理（安徽卷）》）

# 板橋墨竹

一竿風
一竿雨
一竿遠
一竿近
一竿瘦
一竿壯
一竿陰
一竿陽
一竿女子翩翩
一竿英俊少年
一竿清冷慘澹
一竿風韻天然
一竿一竿又一竿
竿竿孤高傲白宣

2004/1/25

# 茨維塔耶娃

雙手微微顫慄
生怕再失去你
據說你愛過許多人
肉體或精神

今夜，你只屬於我
仔細研究你
從頭到腳，從皮到肉
剔淨一切汙垢

讓你在燈光下起舞
月光下傾訴
我們是瘋子
擁抱語言來取暖

在詩歌中做夢
在塵夢中寫詩
哦，茨維塔耶娃
除了靈魂，我們還有什麼

2004/3/3

（刊《中華讀書報》）

# 戈壁——西部之一

除了沙子還是沙子
除了石頭還是石頭
如同在大水剛剛退去的海床
除了荒涼還是荒涼

風挾著塵沙在戈壁灘
跳著圓舞曲，旁若無人
遠望就像海市蜃樓
城市在窗外一晃而過

風景在我眼裏漸漸疲憊
一路都是相同的褐黃，只是
更換著地名。我在呆望
望我這寥廓的新疆

忽然一個紅色的亮點
移動到眼前：一位女子
在沙漠中步行像隻螞蟻
一直爬進我的記憶

人，只有人
才是最美麗的風景
在這茫茫的世界
渺渺的滄海

2004/3/16

# 禿鷲——西部之二

一雙哲學的眼睛
閃著一絲寒氣
叫我不敢逼視

翅如垂天之雲
滑過天空
耳際落下呼呼的風

下意識地低一低身
生怕被巨爪叼起
可憐我這單薄的骨肉

天池之鷲
西天的神鳥，面對
這一池欲望和誘惑

站在我的角度與
飛在你的高度看
肯定不同

2004/3/17

# 雪峰——西部之三

在那，在那
透過舷窗我看見你
風姿綽約，在雲層之上
醒著

夕陽打在你臉上
折射出一絲寒光
那是獨醒者的光芒
滿含孤寂與憂傷

我有幸一瞥
心中隱隱流血
冰清玉潔
人間最後的處女

你頭頂永恆
腳踏紅塵，睥睨一切
為一面之緣
等了千年萬年

兀傲的神女
姿容剎那用雲霧圍住
合十為一，在心裏
我向你頂禮

2004/3/29追記

# 苦木潭瀑布[4]

從斷崖一躍而下
快意的喧嘩
在山谷石壁之間來來回回
來來回回
不絕
不絕的呼喊向天地
喊出大山的祕密

而那潔白潔白的胴體
落到潭裏變成一塊綠翠
瑩瑩玉色沁人心脾
令人陶醉
醉倒在鬼斧神工的造化裏
永遠，我們
永遠不願甦醒

2004/4/7

---

[4] 苦木潭瀑布在九華山之南。

## 請柬

新詩幾首
鮮果一盤
老酒半壺
佳茗一盞

良朋二三
小聚陶然
偷閒半日
與人何干

一洗俗慮
流水高山
人生快意

悠然一覽
如若爽約
一刀兩斷

2004/4/13
（刊臺灣《門外》詩刊）

# 夢的鱗爪

清晨，雨把我拘留在屋裏
聽那纏綿而又冗長的話語
昨夜夢的鱗爪依稀在閃光

一個一個的日子，猶如
荷葉上的露珠，一搖晃
就沒了，掉進永恆之水

被格式化。而一切不能
重新來過，正如你我不能
同時踏入同一條河流

鳥以靈感的姿勢滑過天際
風以無形掠過有形，我以
什麼來填補你，人生

日落群峰上回望：面對
千古的蒼茫，無言
垂下沉重的翅膀

逝水流年，白髮頻添
假如能與上帝簽約
我們會怎樣選擇?!

晚雲也無法回答，紅了臉
說等到夜幕籠蓋四野
星星將把祕密都捅破

2004/5/16

# 雪

今夜你不來，雨的精魂
而何處千樹萬樹梨花開？
如果我在心中點一盞燈
照向恒河悲憫的彼岸
能否看見一片大地白茫茫？

雪呵，天堂的落花
來自玉樹瓊枝，沾著天使的衣香
能彌合民族的紛爭、民主的淪喪
滋潤土地的乾涸、心靈的乾枯嗎？
而你六角的光芒指向六個方向

神示的方向？在冷肅的光中
當第一瓣雪叩訪梅花繽紛成蝶
誕生一個童話世界。我們擁緊
雪在眼前亮著，冷而且白
說我曾來過、哭過、化過了

2004/11/18

（刊《宿遷日報》）

# 神龍秋水

那一池一泓一潭
靈山水做的兒女
十六、七歲的眼睛

藏在人跡罕至之處
終年與閒雲淡霧為伍
山花野鳥為伴
一見俗人
眼裏泛起絲絲羞赧

獨坐你身旁
靜聽泉聲幽咽
細看落葉繽紛
近觀小魚遊戲
身心俱爽

多少前塵影事
一一融化
在你的一片空明

2004/11/15草

（刊《池州日報》）

# 心安晤梅

——九華山心安寺，在六畝田，清光緒間，智妙創建。院中有一株梅樹，昨日我去時興開，而山下梅苞還看不見，令人感動。

望中猝然一樹梅香
猝然將心點燃
三界皆為所化
化為虛無的空白

只有枝頭的小霧珠鏘然
跌破山中千年的寂靜
和著寺中喃喃梵音
一一揭開了前緣後因

被我偶然察覺，如流星
流過天庭，隔著重重風雨
我們不期而遇，在這
虛無之始，虛無之末

你是世尊手中的金檀花
從每一朵金黃的淚光中
從每一朵金黃的馨香中
都能窺見迦耶的笑顏

我站在這樣的高度
即使迷霧鎖住所有的渡津

你已巧將我引渡，越過
心中的萬水千山抵達彼岸

2004/12/19
（刊《九華山佛教》）

# 梅花三弄

一

昨夜夢中飛來的稀客
撲滅大地的一片春意
白色的蝴蝶落滿枝頭
而梅花，白、黃、紅的

在雪呵護下愈加嬌媚
一些樹枝不能承受這
徒然而來的愛的份量
而傷殘、流血、死亡

二

大雪濾去塵世的嘈雜
以及我們內心的浮躁
此刻時間也為之停息
在這珊瑚的世界，一些

落紅點綴於白雪之上
消失的笑聲再度迴響
踏雪尋梅，而我不忍
將足跡印上這片潔淨

三

小臉像火在靜靜燃燒
在陽光的肩上更耀眼
驀然回首，無蔽的花魂
就藏於身後，常常錯過

而美是短暫的宛如煙花
匆匆分離，你是流水
我是落花，明日又天涯
那撫摩你的人在哪？

2005/3/14

# 油菜花

你不適宜盆栽
要種，還得成片成塊
無論坡地或是田畈
一朵朵不起眼的小花
開出一片一片陽光

不是案頭的清供
你是自然的大氣
放為天地間燦爛的呼吸
如梵谷的濃抹重彩
生命之火燃去冬的頹唐

在激盪的芬芳裏
心潮難抑，濕潤的目光
隨著風兒飄搖
飄搖在南國的山山野野
氣宇軒昂

2005/4/14
（刊《池州日報》）

# 初秋夜無眠

屋後的秋蟲唧唧唧
撕咬著夏末枯萎的軀體
渾身發癢，我伸手一抓
竟是潛意識的碎片

作怪。細細的月光
窺視窗口，讓我逮住
索性栓到童年的夢境
奶奶的破芭蕉扇上

那時在山風裏納涼
仰望著天外的景象
我在星空下入夢
跟隨流螢閃閃的身影

如今，躺在席夢思上
已無夢思可息，只剩
失眠的秋蟲，深深咬齧
中年失重的記憶

月光漸漸收攏，溜過了樓牆
疲憊的我無力去捕捉
遠處幾聲鳥鳴幽幽
恍惚一顆流星劃破我的夢

2005/9/5

# 秋

野菊撐開朵朵小黃傘
在晨霧瀰漫的山坡上
拽住一片寂靜搖晃

秋雨昨夜已停，滴水的日子
有些陰冷。翻出舊年的秋裝
一股樟腦味吹著回憶的火苗

蛻去今年最後一張皮
能否像蛇找到冬眠的溫床
當山野祭起五色旗

大地只等北風乍起
掀下慶典的幕布，在霜花裏
南飛的雁鳴跌落月空

2005/10/10

# 蓮步生花——祭奠蘇雪林

二十世紀最後的
一雙小腳，從嶺下
爬到嶺上走向安慶、北京
漂洋過海，踩痛
法蘭西藝術神經

皖南靈山秀水哺育的
眉山蘇氏後裔
新文化的綠天棘心
大清官宦的孑遺
死水裏開出一片綠漪

三寸金蓮，步步
都有個性，歪歪扭扭
踏過百年風雨，最後
又回到母親的懷抱
在鳳形山上回望

你一生最深的創傷
竟是身無彩鳳
雙飛翼。為了盡孝
你親手掐斷含苞的玫瑰
在異國他鄉

一隻小腳的駱駝
跨越一百零一歲的海峽

追尋故園的菊影梅魂
在空空的海寧學舍
在破敗的舊居

在黃山雲海
月明林下，我看見
你的身影姍姍歸來
裙底蓮步生花
一朵一朵開向天涯

2005/11

# 五溪橋上

橋上車流滾滾
橋下水流湯湯

各走各的道路
各有各的方向

紅塵模糊了車窗
看不清其中面目

河水清清不見魚
都被岸上鐘聲超度

流水鞠身問我：你是誰？
五溪山色搶答：他乃漏網之魚！

2005/11/20
（刊《池州日報》）

# 那個傻子

睡了三天，在路邊花圃
那個傻子，雨雪紛紛
只知道裹緊撿來的破衣
一動不動，碗裏積滿了水

今晨，我看見他頭邊多了
一塊紙牌，上書：「他也是人
生不如死」。可傻子不識字
人們匆匆來去，又視而不見

我的手蠢蠢欲動
想去試一試還有沒有氣
最後，還是不敢，我害怕
不是怕死人，是怕麻煩

也許，他已經死了
誰是凶手？我不是
你們也不是。不知為什麼
我心裏卻有種犯罪的感覺

2006/1/6

# 豔遇

櫻花的裸體在三月的風裏
粘住遊人的目光，粘不住的
是飢餓的鳥兒的怯怯私語

依著春天的門框，向遠山打聽
燕子的消息，雨的行程
打探桃李杏以及杜鵑的蹤影

春風就把櫻花扭送到眼前
今晨，我看見欲望的顏色
萎謝了一地，而情已飄逝

那青青的櫻桃密布枝頭
路人悄悄咽下口水
想著熟透的紅顏

2006/3

# 春色老去

三月春色太淡
添幾朵杜鵑
添幾葉柳芽
添幾絲薰風
添幾聲鳥鳴
添幾縷流水
添幾句蛙鼓
添幾片風箏

春光漸漸就老了
背影龍鍾
在雨中，又一個春天
逶迤而去

2006/4/21

# 另起一行

在這樸素的山崗
海子墓前，我們巧遇
因為詩的緣故
你我的手相握
越過淮河越過長江
握住一截詩的春天

在歷史的三月二十六號
我們的兄弟
在冷硬的鐵軌上
用柔弱的軀體
給自己的詩篇
畫上醒目的句號

今天，在這裏
空白的大地上
我們另起一行

2006/3/27

# 訪獨秀先生之墓

通往墓地的道路在眼前斷下
像命運斷在1927年的八七會議上
以後的路要靠自己走
踏著潔白的石頭
走向你粘滿灰塵的終點

與一掊黃土的海子墓相比
你是奢華的，畢竟也是總書記
和那水晶棺相比，你的墓是寒酸的
畢竟是右傾機會主義分子
還是教授，還是階下囚

以致評語被幾次改寫
以致墳塋被幾次毀壞
如今，墓碑上只剩七個大字
一聲先生濃縮了千言萬語
勝過任何蓋棺定論

風雨吹打半個多世紀
也沒抹掉你留下的
一點歷史的痕跡
何需今天我們來拭去灰塵
讓你名字在夕陽下更亮一些

2006/3/27

# 秋浦拾零

## 白鷺

從李杜的詩裏飛出
一行白鷺
掠過秋浦綠水
在眼前一晃
化入山頭雲霧中了

## 魚鷹

漁夫腳踏兩只小木船
在山雞不敢照毛衣的河上
重操千年的舊業
竹篙指點魚鷹
捕撈李白潛水的斷腸

## 漂流

一切重負都卸下
如練的水上
載不動許多愁
上游漂到下游像個夢
只留下笑聲和驚魂

## 龍門

這裏的綠水
增一分太老
減一分便嫩
一條小魚也浮不動
美的令人心碎

## 嚴祠

敢把臭腳壓上皇帝肚皮
僅嚴光一人而已
子孫只好退避三舍
向深山更深處
隱居

2006/5/9午

（刊《池州日報》）

# 九華山上九朵花（組詩）

## 1、蘭草

纖纖綠葉
紛披在初春的前額

水袖舒展
抖露出蘭花指

指向空穀
於是：暗香浮動

## 2、辛夷

寒風剝去
一切浮誇的裝飾
形銷而骨立

在雷聲裏復活
一夜之間
夢筆生花

## 3、野桃

花是美麗的
果是酸澀的

因為花，開的太早
因為果，熟的太遲

## 4、杜鵑

春潮來襲
嚇壞了

東躲西藏，在山野
弄得斑斑血跡

這一點，那一塊
反而泄露了天機

## 5、紫藤

依靠一段山崖
一截老樹

或空無傍依
無論風裏雨裏霧裏

都能開出一串串花
一直開到香客心裏

## 6、金銀

說金，不是金
說銀，沒有銀
只是鄉間草本

花能入藥
可以清心
可以明目

## 7、百合

一莖挺起
在野草之間
花開數朵
荒蕪的山
頓生生機

## 8、石蒜

喜陰、喜濕
隱居山澗石縫

花開無人知
花落無人曉

你的花是流水的
你的歌是流雲的

一生自然而然
像那老師太

## 9、萱草

其實你是花
人說你是菜

面對一株草
各有各心態

2007/1/1
（刊《池州日報》）

# 水的斷章——寫給太平湖

1

雨後的群山
在曙色裏
一縷一縷解開白紗巾

旭日一看
羞紅了臉
躲進雲裏

2

白鳥飛向對岸
寫下一句詩
在湖水那張綠箋上

白雲走過來
輕輕拭去
怕汙染了水

3

幾隻鳥在爭吵
為了一條小魚
或是蚯蚓

鷺鷥緊張地觀望
守護著窩裏幾枚蛋
累了就換隻腳立著

4

不知道
山雞把家安在湖畔
我一腳踏過

它騰飛而去
彩色的背影
拖著一串嘎嘎的怨聲

5

山峰
把頭伸進水裏
洗一洗秀髮

扔塊石子下去
山頭驚起
我們相視而笑

6

山水是活的
有生命的呼吸
在大自然裏

一旦定格
在相機或畫框
便失去了生機

7

昨天，野花開了
不是因我
也不為你

今日，野花落了
這是因你
而且為我

8

空巢掛在枝頭
去年，曾經
孵化過一窩夢

今天，還在等
尚不知
夢已落入獵手

9

水湄
一舟橫臥
像李白的舊履

我想穿上
到桃花潭去
捕撈汪倫的歌聲

2007/5/24夜
（刊《安徽黨校報》副刊）

# 黃山風絲雲片

1

細小的黃山松
探出頭
在峰頂岩縫

日日
只是飽餐
雲霧與霜風

2

霧
將我們沒看完的風景
收藏

只留
一條下山的路
買了票也不行

3

霧將我們沒看完的風景
一一收藏，只留
山峰成孤島

浮在乳白的海上
此刻，誰能給我一葦
渡向南天

4

霧
是大手筆
將黃山山水

不停修改
令人無法看到
定稿

5

杜鵑在懸崖
一千五百米的高度
比山下晚開了

一個多月
為什麼
還那麼自在

6

黃山石
千姿百態
極有個性

誰有如此
大魄力
在世間

7

人類的語言
在黃山
頓時失靈

你無法找到
一個合適的詞句
來準確描敘

2007/6/17

# 石門高村二題

## 桃花塢

沒見一朵桃花
李白來時也許有
但那是唐朝的繁華

其實，有沒有花
都沒關係，關鍵是
心中要有花，那才是你的

## 石門村

仕與隱
一個輪迴
興與衰，又一輪迴

山為城、石為門
如何守得住
榮華富貴

2007/4/25

# 秋野

深秋，收穫之後的田野，
疲憊，鬆弛，虛弱。
老牛靜臥。咀嚼。回憶。

它看著熟悉的田野，
任風吹過。
綠色在風中漸漸消失。

2007/11/6
（刊《安徽文學》）

# 夢醒時分——5月12日14時28分汶川地震

夢醒時分
我在地獄裏
我在屍體裏

夢醒時分
我在瓦礫堆裏
我在泥石流裏

夢醒時分
我在妻子歌聲裏
我在親人哭喊裏

夢醒時分
我在灰塵裏
我在雨水裏

夢醒時分
我在同學手腕裏
我在老師臂彎裏

夢醒時分
我在燭光裏
我在天堂裏

2008/5/27

## 沈園

走在梅雨中的沈園
必須步履謹慎
濕滑的青苔小徑
如那淒涼的故事一般
一不小心，你就會跌傷

看那一池春波在蕩漾
綠荷，愁緒般的密集
紅花白朵是唐婉務觀的影子
驚鴻一瞥在邂逅的橋邊
讓我扶你，遊覽傷心的花園

2008/6/24

# 一支水蓮

在我目光中
你宛若池中的蓮
在水的那邊
心的中間

一支亭亭的水蓮
站在泥水裹悵望著天
是否憶著前世的清白
或者等著今生的奇緣

風來，在風裹起舞
雨來，在雨裹放歌
雪來，在雪裹枯萎

我來，在我眼裹低迴
低迴一萬年，一支水蓮
在那潮起潮落的心田

2008/7/20

（刊臺灣《人間福報》副刊）

# 無題

白牆上的鐘聲嘀噠
像老屋簷上滴下的雨水
飽含歲月的風塵

石頭經不起
何況骨頭
中年的骨頭

在時間的河裏
我們隨波逐流
一事無成

2008/10/28

# 掃墓

一只舊車輪壓斷
父親32歲以後的
金色年華

每一次掃墓
我都會仔細清理
墳頭的柴草、荊棘

不知為什麼
一想到這些根須
正紮進父親的軀體

我心裏
就忍不住酸楚
只想問一問爸爸：您痛嗎

2008/10/29

# 愛國癖[5]

櫻花開了
母女著和服欲留影
被身穿西服之愛國者
轟出公園

可惜了那花
日本國花
可惜了那和服
唐朝的流行款

2009/4/2

[5] 記武漢大學櫻花事。

# 雨後黃昏（十四行）

江南四月雨潤草長田畈飽食水份
春耕的鐵牛突突突突破青蛙布防
泥腥招來覓食的鳥爭搶睡夢的蟲
雨後黃昏蜘蛛修補了網穩坐中央
默默守候飛舞的昆蟲來自投羅網
蜘蛛的耐性是值得我學習的榜樣
比剛才在水塘遇見的翠鳥更超然
全然不顧相機鏡頭上下左右測量
在窺探一個精心而無心的屠宰場
那翠鳥猛然入水叼起什麼就飛翔
快門的離合也趕不上抖動的翅膀
人那機心機巧勾心鬥角可笑可歎
一日也不過三餐何至於相互傾軋
世事弄得疲憊不堪有傷江南風光

2009/4/14

# 西行漫吟（組詩）

## 一　灞橋柳色

馬蹄輕盈起來，一過潼關
秦嶺蒼藍的山色
與白粼粼的渭水
伴我重返夜夜夢寐的長安

想那女牆的旌旗獵獵
官道車馬喧騰的紅塵
行囊空空，滿腹寂寥
不知你可認我這歸人

腰帶懸掛仍是你藍田的暖玉
打馬絕塵仍是你手折的灞柳
彈指千年，歸看灞橋
橋，不是這橋；柳，不是那柳

人，還是我人。莫道不銷魂
銷魂只有千年不變的鄉音
萬年不改的柳色、城頭變幻的
一片月，和那百萬如縷的搗衣聲

## 二　長安紅塵

長安，哦，我的故都

任嘚嘚馬蹄踏過洛陽道
我也回不了我的故都
終南無捷徑，渭水無舟渡

停駐在二十一世紀的路口
詩兄太白、子美皆在此流連
我向過往的君子打探
是否留給我隻字片言

當年紅塵萬丈，十三個王朝
大唐，是世界的巔峰
長安，是達官貴人的天堂
我是否錯過了好時光

香山居士帶來口信：居京城
大不易。為等召見，每天簽到
不管你遞上覲見的禮單
還是你頭頂詩人的桂冠

而今風沙蔽日，粉塵萬丈
不見古道熱腸與當年皇家氣象
我勒住馬頭茫然四顧
一聲浩歎，打馬向西安

## 三　驪山烽火

不但要傾城還要傾國
褒姒一笑，笑盡天下男兒
如饑似渴，在美色之懷

委員長假牙未戴
悄悄溜出了宮牆
躲到驪山一條縫隙裏
看清了歷史的走向

克林頓訪華直飛西安
與男俑親密接觸、對談
不知萊溫斯基的裙子
已經捂不住他的逸事

在情色的烽火裏
男人越燒越小
女人愈燃愈嬌

## 四　華清遺恨

人已逝
池已涸
殿已圮

只有池石記得
貴妃的媚
明皇的醉

溫泉的浸泡下
三千寵愛
怎叫一弱女擔待

逃亡的路上
三軍不發
社稷靠一匹白綾挽救

此時，華清池
宛若貴妃空洞的孤眼
不瞑在歷史的塵埃裏

## 五　秦陵問榴

秦始皇巨大的回字形土陵上
以前寸草不生，如今栽滿石榴

也許，這是冥冥中的一個象徵
一個隱喻。那年嬴政完成統一

登上泰山，隨手劃了一個圈
說：開天辟地，朕為始皇帝

於是，中原逐鹿，合合分分
你方唱罷我登場，熱鬧非凡

而天不變，道亦不變
像這樹上石榴，皮包著九州

九州聚集著粒粒庶民百姓
且不管紅與白、甜和澀

問秦陵石榴，是否感知腳下
江河的流動、日月的運行

以及始皇的無聲歎息
熟透的石榴最先炸裂

我只聞到西歸途上的那車魚味
隔了兩千多年，該叫遺臭還是流芳

## 六　兵馬陶俑

出征的戰列
出巡的儀仗

在此集合、待命

一個千年，又一個
嬴政啊夢醒的孤獨
是他們，泥做的骨肉

無法體會的
你，你，還有你
向右看齊，向前看

請首長檢閱

## 七　大雁塔影

無法想像玄奘取經歸來
長安車馬喧闐的景象了

只剩這破譯傳布佛經的中心
孤零零的七級浮屠浮在塵世

像一盞歷史長河裏的航標
文士熱衷在粉壁題名留詩

流連的商賈、獻藝的胡姬
則讚歎精湛的技術偉岸的氣勢

盛唐歌舞升平的豔影
已在時光裏暗淡湮滅

現在，塔影倒在水裏
隨著音樂律動，再也看不清

## 八　終南捷徑

據說，終南山
有條通往廟堂的捷徑

於是，人們紛紛
息影山林

現在，無耕可退
無林可還

於是，人們紛紛
進城打工、盲流

## 九　華山投書

你不是無路可行
也不是無路可退

是太累，身心疲憊
想退，你就退吧

既然你不願爬的更高
不敢與天貼得更近
你就屁股向前
伏下身子退而下之

可你的心已發虛
手已發抖，腿已發軟
不聞不問不想不看
也寸步難行，那就哭吧

前無古人，後無來者
獨坐在嶺上嚎啕
寫好的遺書，求救的信
都拋向懸崖萬丈虛空

唯有哭聲，震驚朝野
成為千古笑談。可是
前天，盧武鉉跳崖自殺
讓我想起韓愈也不簡單

2009/5/12-25

（刊《藍鯨詩刊》）

# 南山

悠然的南山
依然綠著

山路蜿蜒
引領我們飛升
一個多小時
到達牯嶺
那些紅色的屋頂
醒目的補丁
與隱逸的山水
達成某種默契
這不是世外桃源
二十世紀的西洋別墅
與政治典故點綴其間
所有遊客都是誤入
所有解說都被誤讀
在南山最易迷失的
是我們的方向
最易流失的是金錢
無論你走誰的路線
皆是重蹈覆轍
前有古人後有來者

夕陽隨我們下山
一點也不悠然

2009/10/8

## 無題

在喧嘩的街頭
遇到你，一身俠氣

披堅執銳
遊走水深火熱中

我知道，堅硬的外衣
裹挾著你柔嫩的潔白

當一一細細剔去
那些偽裝與矯飾

我滿嘴江湖味
舌尖舔到你鮮美的祕密

2009/10/18

（刊《安徽文學》，
入選《2013年中國詩歌排行榜》）

# 流浪的呼喚

你一聲聲的呼喚
在大街迴蕩
躺在銀行大門口
冰冷的臺階上
破衣裹住全身
只留一雙腳在外面抖
你的呼喚引人側目
退休幹部悄悄轉移陣地
到清靜的角落
繼續高談闊論
你一聲聲的呼喚
回蕩在黑夜的街心
像寒風
劇痛
額的個娘呃

2009/12/20

# 祁紅[6]三部曲

## 一、綠

茶憶前身，在密室
你是綠色王國裏的一枝玉葉
生在高山，遺世而獨立
風餐露宿，最先感知春的信息

一芽，一葉，葉葉沉醉
在怯怯的鳥語和淡淡的花香
你像蘭草，柔嫩、樸素而孤傲
與滿山杜鵑為伴、雲霧、巨石為伍

在馮家頂的日子，和敬清寂

## 二、黑

之後，你經歷煉獄：
萎凋、揉撚、發酵
之後，在炭火中反覆烘焙
之後，脫胎換骨，由綠變黑

由柔軟變乾脆，散發芳香
之後，被分篩、揀剔、分裝

---

6　祁紅，祁門紅茶。

像蠶眠在繭，若老僧入定
身著黑衣於黑漆漆的密室

一日千年

## 三、紅

素手將你拯救於黑暗
於困境、於黑甜鄉
香氣撲鼻，散發在空中
百度的熱情喚醒你

或在壺中，或在杯底
漸漸舒展：你的枝
你的葉、你的芽
慢慢恢復你青春的曼妙

原來，你的青春像血一樣紅
你的芬芳，如玫瑰一樣濃

2010/6/26改定

# 秋浦漂流

秋浦河發源李白的羊毫筆端
抒情的水綠，迤邐的山影
攜帶唐詩的意韻
流入夢境

撐起李白的詩句
在寫意山水裏漂流
紅皮筏子如楓葉
浮蕩秋浦的柔波裏

我們揮舞木槳
放任激情，追趕童心
歡笑驚飛覓食的水鳥
彷彿詩仙的衣袂飄飄

2010

# 魔幻之境——為春陽[7]畫配詩

## 之一：故里小雪

大野之上，小雪改寫了熟稔事物的記憶。
冰雪初凝，桃林杏林或樺楊木葉已脫盡。
寒樹之椏，包裹上雪裘，瓊枝排列成韻。
宿鳥無聲，打坐在白色夢幻裏作沉思狀。
老僧孤想，故裏山川，有難以割捨情懷。
甸居西陵，我多年的夙願，何年能實現。
闃無人跡，唯有不甘寂寞的野獸在潛行。
流風千里，將所有的慼喟都吹散到天邊。

## 之二：春山初會

朱墨春山
細雨初歇
一川煙霞
子規啼急

一棵桃紅
萬樹梨花
瀟湘水暖
草色遙看

[7] 春陽，李春陽，字東君。文學博士，任職中國藝術研究院美術研究所，以畫家身份任日本多摩美術大學日本畫系訪問學者、研究員。

執子之手
與子偕老
夫復何求

眠不覺曉
食不厭精
息影山林

## 之三：水漲花落

春潮湧起

多少花兒
昨夜一場暴雨裏
零落
追逐溪水潺潺
奔騰出山

此刻，雨收雲開
山在湖水中
重新梳妝
半山雲霧漸散
弦月初升

心隨波動

## 之四：桃源適志

昨夜，那隻該死的老鼠
潛在黑暗裏
咬齧，將我的夢咬破
那個世外桃源
無論如何都回不去了

而你那巧腕與靈感
將桃林、芳草、落英
良田美池、桑竹阡陌
彷彿從另一時空為我
一一描摹在眼前

不知有漢無論魏晉
怡然自樂的日子
是讀元亮詩文觀春陽畫的日子
是舊夢重拾眾人皆醒我又醉的日子
是忘記歸途無人問津的日子

## 之五：夏荷入雨

所有的飛鳥都斂翅
所有的鳴蟬都噤聲

所有的思緒都驟止
所有的時光都停頓

是誰還在狂風裏起舞
是誰還在暴雨裏放歌
是誰還在浪花裏泅渡
是誰還在小樓裏煮酒

嗶嗶啵啵，雨打風荷
垂柳試了試綠色水袖
一起在雨幕裏扭呀扭

招來勁雷的幾聲嫉妒
和青蛙的一片高歌
霓虹總在風雨之後

## 之六：寒暑流易

你看廣袤的曠野
昨天還是芳草萋萋
花樹蔥蘢，鬱鬱蒼蒼
今已茫茫滿地蕭瑟
一川秋風萬裏愁

時移世易，寒來暑往
逝者如斯夫，不舍晝夜
我們苦苦追逐的是什麼
愛恨糾纏，放不下的
又是為什麼，紅塵裏

只有變易是不變的真理

2010

# 中秋祭

蟋蟀在野
啃食一片月光
金玉之聲
縈耳
縈眼
縈心

揮之不去
是舊時月色
是童年一塊咬不動的
月餅
沾滿黑黑的芝麻
在貧乏的
鄉下
那個再也無法靠岸老家
那個再也邁不進的門檻

且拈一片模糊的月光
放嘴裏嚼一嚼
竟然品出了
煙塵
以及氮氧化物、硫氧化物
和碳氧化物，這些
現代工業化的產物
其實在我三歲那年
阿姆斯特朗的那一小步

已經踏破了月宮
踩死了吳剛與嫦娥
於是，除了外星人
我們遺棄了所有的故事與傳說

中秋變成一塊當代月餅
放了八年，依舊油光
就是咬也咬不動了
像塊鐵

2011/9/11

## 秋興

洗盡鉛華
斑斕的春夏過去
黑、白、灰
成為最本質的色彩

繁華落盡
黯淡的秋冬到來
枯、瘦、簡
才是最完美的結局

2011/10/9

# 觀九子岩風景記

山不過來，我過去
九子岩不是雞肋
也不是踢來踢去的足球
九子岩是璞玉渾金

山，不記得我
而山，包容了我
山，不言說什麼
但山，啟示了我
所以山不過來
我就過去

也不一定上去看風景
也不一定燒香拜佛
也許就那麼對望一眼
我就興盡而返了

2011/10/9

# 觀蓮峰雲海記

處江湖之遠
在這裏
把一切都放下
讓我們細細回味

得與失
愛與恨
情與仇
被雲霧拭去
被溪水洗去
被山風吹去
被野鳥叼去
被這山色掩映而去

我們做了桃花源裏人
不知秦漢
無論魏晉
希望找不到下凡的路徑

2011/10/9

# 牛橋水庫

如一場春夢
在九華山的臂彎裏
醒來

青山四合
攏住了流水
水漫過牛橋

漫過童年的屋頂
漫過先人的足跡
漫上時代的拱壩

路人圍觀
粼粼的水面
白雲裸泳

群峰倒立
野鳥嘰嘰喳喳
讚嘆這奇跡

2012

# 最喜歡的色

我最喜歡的色
是白色：
雪的白。
雲的白。
霧的白。
紙的白。

梨花的白。
炊煙的白。
石灰的白。
骨頭的白。
白酒的白。
空白的白。
虛無的白。
原始的白。
豐富多彩的白，
是嬰兒人生的白。
我最喜歡的色，
是白色的白。

2012/7/3

# 翠峰遇狐

露出了你的尾巴
白色的毛髮，紛披而下

以為是一條寵物犬
卻沒向人搖尾乞憐

俯首木葉叢，聆聽窺視，白狐
停下匆匆腳步，引來一聲驚呼

阻斷你下山的方向
從容轉身，一點不慌張

倒是我不知所措
忘了拍照，心跳加速

霎時，白狐溶進溝壑
舉目野櫻花開滿了山坡

2014/4/7

（刊《安徽文學》）

# 石佛山

石是佛
石是山
石是此地之奇觀

金龜石
木魚石
活佛石
撐雲石
蟠桃石
風動石
十石是石
似實非實

拜佛的拜佛
求籤的求籤
遊覽的遊覽
和尚五六個
廟宇十幾間
兩株銀杏逾千年

山是佛
佛是山
石佛山是石佛山

2014/4/9

# 在查濟

在查濟遺存的樓臺塔影之間
追憶我前朝典籍遺忘的故事

在查濟僅剩的斷壁殘垣之間
回味我前世或貧或貴的氣息

在查濟堵塞的河道橋梁之間
辨別我前人忙亂閒適的足跡

在查濟磨光的石級曲巷之間
搜捕我前生散落的哭笑回音

在查濟二甲高古的宗祠堂前
怕說今生是貴字輩走失少年

2014/4/9

# 九華河

雨，天庭垂愛的甘霖，普降靈山，草木得以蔥蘢
岩石得以俊秀，溪水得以潺湲，活潑

九華北麓：龍溪、縹溪、雙溪、舒溪、瀾溪
濂溪、曹溪、五陽溪、四峰溪、縞溪
匯成九華河，至六泉口破山而出
過五溪橋，經梅埂，北入長江歸於東海

水，無色無形。往下流，亦往上升
可以液態、汽態，也可固態。一滴水
一滴水，聚集的能量，不容小覷。水性溫柔
溫柔是把無影刀，開山劈石，勢不可擋

河水有靈。水的靈魂是綠色的，綠色
葉子的生命色。水養育魚蝦、石雞、泥鰍
黃鱔、蟹鱉，以及水鳥、水蛇
養育兩岸的田畈、村莊。一條條河水

在汙染中相繼死去，而九華河活著
當下，活著，多麼難得

2014/5/26

（刊《安徽文學》）

# 南溪古寨

破損的石板小巷
延伸進古舊的傳說
殘垣斷壁記載著
往昔的富足小康

一群遊客在探望
找尋游牧人的遺存
抑或馬背上的吟唱
而觸目都是徽韻

木雕、石刻、馬頭牆
心裏湧動匈奴的血脈
只有蟲蛀的族譜記得

門楣、天井、四水歸堂
腦海飄過的草原牧歌
隨南溪流進歷史的長河

2014/6/3

# 霧迷紅旗嶺

大巴盤旋而上
一側是高山
高入雲端
一側是懸崖
深不可測

這是我的想像
大巴在迷霧裏盤旋
能見度不過五米
在混沌裏搖晃
在驚險中爬升

與仙人的約會
被仙人的謎題婉拒
紅旗嶺的謎底
在下山的迷途找到
大膽假設，小心求證

2014/6/3

# 仙寓山的水

仙翁不讓我們看山
叫我們看水

水是仙翁寫的絕句
水是仙翁譜的小曲
在山澗、在林下

仙翁演繹水的故事
水闡釋仙翁的意思
在你眼中、在我心裏

仙寓山的水
是道家的寓言
是葛洪的遺篇

到仙寓山不看山
我們就看水

2014/6/5

（刊《安徽文學》）

## 走過拱宸橋

起點，抑或終點，
拱宸橋，大運河的坐標，
隆起於夾岸的高樓。

過客匆匆南來北往，
如水，此起彼伏的朝代、
將相王侯，如水逝波。

而今，我等就臨窗的微風、
對岸的音樂，飲一壺青梅酒，
且把舶來的咖啡苦苦拋丟。

找一找隋唐，或南宋的感覺。
哪怕是大明、大清的遺韻
也行。沒有。小二，上酒。

站在拱宸橋上望：
人影憧憧，往事歷歷。
運河亦有載不動的哀愁。

至此登舟，能到汴梁、長安嗎？
步履蹣跚，走過拱宸橋，
打車回旅館。呼嚕一宿。

2014/7/19

（入選《2014年中國詩歌排行榜》）

# 天柱山一夢

漆黑的夜裏
只有星子與一脈
泉水，醒著
群山沉寂，很嚇人
如萬古深淵
既靜且密

將我們一一救起
是清晨的鳥語和蟬鳴
山巒在曙色裏
漸漸顯影、定神
朝陽給飛來、天柱峰
獻上霧紗，像哈達

一時，木葉嘩嘩抖動
風起雲湧，氣溫驟降
大雨淋漓。下山比上山
快的多。過了潛山縣城
回望天柱，依然沉靜矗立
昨夜與今晨，恍然一夢

2014/8/1

# 消磨合肥

自打並入巢湖
合肥越來越胖
名副其實了

車在老城與新區
高架與樓宇
之間的之間，穿行

時間被紅綠燈
吞噬殆盡，可憐我
一生又瘦一天

2014/8/1

# 大願山水（組詩）

## 一、水

傳說中高山流水
濺起的餘響
一絲一縷
掛在白雲生處

華溪的此岸與彼岸
是清澈的溪水
與卵石交流的清音
娓娓道來，在耳際

我們的河岸很低
洪水上漲三釐米
就漫過生命的大堤
誰在嚴防死守

## 二、門

石塊構築起
一個象徵：不二法門

車水馬龍
之後，門可羅雀

主人棄它而去
與草木與蚯蚓與泥為伴

誰在門內，誰在門外
不足為念，何須掛懷

這空空的門框
無牙的嘴，話說鴻蒙

## 三、山

山不高
有金剛不壞之肉身
經歷春天之後
獨享這份寧靜

與秋天的花豹對視
恍如隔世的火焰
燃去激情歲月
遺跡有灰的白
有山的空

鳥兒在草地撿食
青蟲的塵夢
蜘蛛在網上織補

飛蛾的舊傷
我在相機的鏡頭裏
捕捉死亡與轉世的遊戲

只有仁德大和尚的石像
淡定而安詳
在靈山的懷裏
傾聽寺院千年的鐘聲
細數大願方程式的解

2014/8/14

# 一人入山

樹木在一起
不言語

落葉在一起
不言語

石頭在一起
不言語

群山在一起
不言語

幾個人爬山
嘰嘰喳喳，一路喧鬧

驚飛幾隻鳥
啁啾不已，在林中

人聲刺耳，鳥鳴悅心
一人入山，不言語

冬季的山，空寂恬靜
如高僧大德，在等我

2014/12/28

# 濉溪詩話（組詩）

## 柳孜遺址

一寸一寸，從今掘下去
見到明、元、宋、唐
及至隋朝，在泥土裏
甦醒，面目漸漸清晰

沉舟側畔，是破碎的
人生、富庶、奢華、精致
被石錨靜靜鎖定
在乾涸的歷史故道裏

我們穿越舊時光
探方之下，是疑問，是驚豔
木岸狹河，隋楊依依
瘦長的船舟，往來無盡

是什麼吸引楊廣下揚州
絲綢的圖案、烹飪的手藝
還是美色的眼神、江南的風景
為此，丟了江山社稷與性命

石砌的橋墩也許知道
腐朽的木樁也許明了

黃河泥沙抹平所有的細節
為後人留下一些瓶、碗、碟

「立花白」、「風花雪月」
「仁和館」，空空如也
佳釀被誰悄悄飲盡喝乾
史書只記下一聲低沉的長歎

## 茶飲臨渙

這裏不產茶
六安普通的紅茶棒棒
到臨渙是個寶

這裏出好水
回龍泉、珍珠泉、龍須泉
棒棒就服泉水泡

這裏不顯眼
隱藏在淮北大平原
蘇皖豫三省交界

這裏有故事
蹇叔、陳勝吳廣、劉邦
嗜酒的劉伶，硬漢子嵇康

沏一壺臨渙棒棒茶
從早喝到晚，品味人生
就著淮北大鼓書裏的一小段

## 嗜酒劉伶

欲長生者
服五石散
想沉醉者
飲杜康酒

看看這河
瞧瞧那山
吸吸霧霾
數數貪官

人心不古
吾道獨孤
暮天席地
縱意所如

唯酒是務
焉知其餘
窮途醉臥
死便埋我

（且慢，先交墓地款再說）

## 銍城尋仙

見慣了山重水複
見慣了峰迴路轉
中原一覽無餘的開闊
叫我這個南方人
有些無所適從

想那元封年間銍鄉竇子明
騎著小毛驢去皖南
就任陵陽第一位縣令
得得走在山陰道上
是否如我今日的心情

無為而治，每日溪澗垂釣
白龍指點，在陵陽山得道成仙
不知臨渙古城牆上可留下
陵陽子明童年的足跡
黃土崗可記得伯玉年輕的身影

我在茶樓遇一乾巴老頭
一手長長的玉嘴漢煙袋

一手持古舊的茶壺，頗具古風
他被攝入了歷史的鏡頭
像子明走進《列仙傳》一般

2015

（其中柳孜遺址入選《新時期中國詩歌地理
（安徽卷）》）

# 流星

跨過去，再也回不來了
老家的門檻，不高，大理石的
鞋底磨出凹陷，光潔玉潤

家的溫馨如山旮旯裏的一盞燈
燈的光暈像村口百年老桂的香味
經常縈繞在我的殘破夢境

懷揣理想遠離親人
無論到哪裏：無法忘卻的是鄉愁
無法改變的是鄉音、鄉情

彎彎山路如臍帶牽引著遊子
割不斷，擺不脫，又回不去
在城市與鄉間徘徊，像候鳥

2016/1/31

# 杏花村軼事（組詩）

## 1、赴約

赴杏花之約
赴桃花之約

看美人在花海裏寬衣
看白雲在春水裏微醺

小鳥嘰嘰喳喳交流著
過冬的感受與見聞

摧毀了鬱悶、解散了束縛
放飛夢中彩色的風箏

我們趕赴春天的約會
過秋浦河走走十里路

## 2、窺園

桃花解開粉色內衣
怯怯張開細枝
擁春風入懷

而沙沙春雨使個小壞
淋濕了紅唇
亦隔斷了煙塵

隔不斷的是目光
別說三年不窺
三月三日三時三分

「臣妾做不到啊」

### 3、探花

一枝紅杏，勇敢地
伸出唐朝的土牆
一朵、兩朵……次第開放

桃之夭夭，不在詩經裏
灼灼其華，逃至杏花村
等待遲到的心上人

櫻花零星飄散，在村口
有島國物哀閒寂之美
往事，不堪回首

### 4、問酒

牧童，被牧於校園
翁媼，被留守家園
空空的鄉村，炊煙稀疏

只有李花、杏花、桃花
年年開，花樣依舊
寂靜比以往更加通透

終結五千年的農事
適應快餐、打卡、流水線
在城市進化成打工仔

適應鋼筋水泥構築的幢幢大廈
蜘蛛網狀分布的交通樞紐
霓虹燈路燈信號燈裝飾的夜晚

四季不變的景象與色彩
二十四節氣的變化遺失在
天氣預報與放假通知裏

細細春雨如酒，走出圍城
未飲已醉，踉踉蹌蹌
如行泥濘之途，問花不問酒

## 5、捕夢

收集詩的錦囊掛在驢背
遺失在唐朝，那個杏花村
現在手握的是相機、手機

遊園要徒步，不徐不疾
將曲徑走出平仄的韻律
得之於眼，而應於心

我不是捕夢的高手
一些古典的意象、或遺韻
足以慰藉日漸荒蕪的詩魂

2016/3/27

（選刊《詩歌月刊》，入選《2016中國詩歌選》、
《窺園》入選《季節之上》）

# 李白在皖南（組詩）

## 0、序詩

生於西域
長於巴蜀
遊於四方
官於長安
敗於江西
葬於青山

詩仙李白
顛沛流離
訪道求仙
寄情山水
眷戀皖南
唯詩永傳

## 1、南陵：碧山

李白《南陵別兒童入京》詩句：「仰天大笑出門去，我輩豈是蓬蒿人。」
《南陵縣志》記載：「碧山，唐李白曾棲隱於此，有『問餘何事棲碧山』之句。」

仰仗舉薦，白無籍無業無功名
天不負我，詩歌搭起虹橋

大雁塔下題不了名，就題在宮中
笑我醉酒，你們亦不省人事
出洋相是借酒銷愁，而愁不能分擔
門外的空氣清新、通透、冷靜
去朝堂的路比鄉野的路還難行。亂

我心者，今日之日多煩憂。吾
輩當來，來了再去，可謂灑脫
豈因禍福避趨之，我不逃避
是無機緣哦，十年一劍
蓬萊八仙，各顯神通，在江湖
蒿裏行，自相戕，無雞鳴
人腸寸斷，一出碧山再也回不去了

## 2、宣城：敬亭山

李白《獨坐敬亭山》詩：「眾鳥高飛盡，孤雲獨去閒。相看兩不厭，只有敬亭山。」

眾人螞蟻一般忙碌，只有
鳥，自由地活著，叫我羨慕
高燒紅燭，照不清詩人的背影
飛天曼舞的衣袖，劃破了月光
儘管酒意已去，卻不抬醉眼

孤舟自橫，等一位千年過客
雲水流向天末，怎麼還不歸來
獨留我在謝朓樓上喝茶觀景
去西安，哦，長安，邀胡姬來助興
閒人沒閒錢，只有閒愁，窮困的緊

相信仙人能指點迷津，你們
看，道觀寺廟香火如此旺盛
兩膝跪下，兩手舉起：人民幣或美元
不知誰是救世主，必須依靠一個神
厭倦了宮裏鬥，不與閹人爭風，詩仙

只愛花容月貌，只好丹藥美酒
有什麼放不下的，扁舟已過，且放白鹿
敬請登樓，避開熙熙攘攘的市聲
亭亭兀立在宣城，你是一只野鶴啊
山，默默不語，這麼相看，千年不厭

## 3、涇縣：桃花潭

李白《贈汪倫》詩句：「桃花潭水深千尺，不及汪倫送我情。」

桃花流水，窅然而去
花開花落又老了一個春天

潭中隱居的蛟龍，似醒非醒
水底捋一捋白鬚，問今夕何夕
深宅大院的汪倫說：詩仙該到了
千里桃花，萬家酒店，誘人的幌子
尺度夠大的，誰經得起誘惑

不過李白另當別論，他是在路上
及時行樂，何能待來茲
汪某只是投其所好而已
倫品質樸，絕非虛情假意
送別踏歌，聲振寰宇，天地同感
我為東道主，理應盛情款待
情到禮周的，何況請來的貴客

## 4、貴池：秋浦河

李白《秋浦歌》詩句：「白髮三千丈，緣愁似個長。」

白日明晃晃的，照著秋浦
發現一葉扁舟泊在水湄
三兩隻白鷺獨立沙洲發呆
千轉百迴是小溪出山的路
丈二和尚，摸不著頭腦

緣聚緣散不過是順時順勢順流而下
愁亦無益，下船，收拾亂麻之心
似山之沉穩、木之蔥蘢、水之優柔
個性即共性，九九歸一，是零、是無、是空
長河不息，而海納百川。李白背起行囊

## 5、青陽：木瓜山

李白《望木瓜山》：「早起見日出，暮見棲鳥還。
客心自酸楚，況對木瓜山。」
王琦註：「《江南通志》：木瓜山，在池州府青陽
木瓜鋪，杜牧求雨處。今尚有廟。」

早先，這裏產木瓜，宣木瓜很出名
起舒筋活絡、祛風濕痹之效
見其實大者如瓜，小者如拳
日月之精華，濃縮其中
出於山野，而貢之宮廷

暮色自山影裏升起，江南的星星
見詩仙在孤館獨酌、沉吟、對望
棲居雲山深處的竹籬人家
鳥游離塵囂，盤桓樹梢之上
還不沉溺於夜色，叫人豔羡

客家南陵，距此一天的行程

心有戚戚焉，若有雙翅膀多好
自由來去，無有罣礙，天地之間
酸溜溜的，這雙腳啊，辛苦了
楚江開後，碧水一去再不回

況且，前有滄海，我無雲帆
對岸一脈青山，千秋明月
木瓜累累，黃似著粉，歲貢禮部
瓜上等一千個，中等、下等若干
山有木兮木有枝，吟罷李白一飲而盡

## 6、當塗：天門山

李白《望天門山》詩句：「天門中斷楚江開，碧水東流至此回。」

天色已微暗，蘆花在秋風中
門前江水如昨，濃濃的、滾滾向東
中年之後，就如大江至此心胸開闊起來
斷崖下驚濤駭浪，但處變不驚了
楚尾吳頭在這裏交匯，亦在這裏分離
江河萬古流，你我皆過客
開天辟地，幾遭幾劫，而生命不息

碧山李白住過，九華山、敬亭山、天門山
水路迢迢，山道彎彎，轉來轉去還在江南

東方升起耀眼的金星，那是我啊，我字太白
流水逐波逝，星空依鬥轉。若穿越
至當代，我是誰？誰是我？吾喪我
此刻，大有莊子夢蝶之旨趣
回望一千三百餘年，青山依舊在

## 7、太平：黃山

李白《送溫處士歸黃山白鵝峰舊居》：「去去陵陽東，行行芳桂叢。」

去黃山歸隱，也是我多年的夢
去找一個清淨的地方，好難
陵陽過去，是仙源：三十六峰在雲間
陽春召我以煙景，處士替我謝謝
東去豈能無酒？小二，上三斤

行前，給我細細講講那個地方
行之有效的辦法，還得親自去體驗
芳草、古松、雲海、奇石、流泉
桂子飄香時節，登高望遠，在白鵝峰
叢林邊，你我再續前緣，一步成仙

2016/9/13
2017/10/22
（其中《敬亭山》刊《安徽文學》）

# 秭歸：追憶屈原

像三峽大壩，橫亙在歷史的上游
屈原用香草美人在詩歌的源頭
幾聲詠歎，築起一道難以超越的標杆

楚王做夢也沒想到，三閭大夫的辭
以哀傷、意象與聲音修葺的屋宇
風雨飄搖二千餘年，比楚王江山堅固

這繁複疊嶂的山，留下了詩人的足印
這跌宕擁擠的水，記著詩人遠去的背影
家鄉的親人吶，舉起木槳為詩人招魂

只有賢姊來歸，詩人在九歌、在哀郢
在離騷裏，在汨羅江的波濤裏永生
而你絕望的天問，楚王至今不能作答

我從據說詩人流放過的陵陽趕來
我也曾經去你沉水的江畔徘徊
我夢想在秭歸山川尋覓完美的答案

看到另一詩人高峽出平湖的理想實現
卻沒有聽懂你的嘆息、疑問、呼號
在歷史的回音壁上，餘音嫋嫋……

2017/4/18

# 仰望九華（組詩）

## 1、地藏菩薩

銅像是銅做的，這不用說
打磨的渾然天成、光滑如玉
在陽光沐浴下、青山襯托下
格外醒目

矗立九華山腳的地藏菩薩大銅像
九十九米高。從發願到立項、募捐
選址、設計、建設，到竣工，歷盡波折
有圓滿、有遺憾……無需饒舌評說

而菩薩的大願不僅僅是悲憫
也是一種擔當，眾生敬畏
而菩薩的肉身其實是慈悲的
你看不見，你也摸不著

## 2、老田吳家

一口石圈古井張口吶喊

九華行祠，據說建於唐朝
仁里老巷，據說是元代的
文梓門坊，確實是明代的
玉帶河水，時滿時淺已千萬年

而這個老村莊，始於漢
乳名「新城」。牆上寫「新城舊地」
的老屋已塌，剩餘一棵桂花樹
與旁門對視，在殘垣斷壁中

客人看可看的風景
主人保護該保護的遺產
打聽帝師吳襄的家址
同宗只知先人帶給宗族的榮譽

一口石圈古井張口吶喊

## 3、雲波書院

世事紛亂，波譎雲詭之時
賢人向往深山裏的一片寧靜

躲到山旮旯裏是要參透典籍
還是要放下事務的繁雜，回歸初心

幾位素心人，談古論今，切磋學問
喝點茶、吃些酒，撫一曲琴

作首詩，刻入大石頭，傳世
這隱與顯、短暫與永恒的矛盾

在鐵鑿與石頭的激辨中
綻放出星星點點的火花如此光明

照亮後人迷茫寂寞的眼睛

## 4、祈願感悟

放下你的包袱，進來歇歇
在這躁動的年代，需要靜一靜

拂去心塵，開啟性靈
品一杯佛茶，聽一段佛音

把玩手串、香囊，聞一聞
默默與菩薩佛像交換一個眼神

聆聽諦聽喉嚨深處的低吼
在彌勒佛開懷大笑聲裏泅渡

學習一下禮拜，體驗一下過堂
嘗嘗素餐的形、色、味、香

當你再步入紅塵滾滾的市區
彷彿有些輕鬆，如同剛剛沐浴

2017

# 在盤臺

人，撤往山下的城鎮
把少的可憐的土地水田
還給野草樹木，野獸候鳥
自由地發展、任性地生存

山，要有山的樣子
人，要有人的尊嚴
臺上演過的戲終要閉幕
溝澗的流水只知向前

我握住白雲的素手
遙問星月的近況
你牽起綠風的裙角
捉拿蝴蝶的夢想

人給自然鬆綁
自然給人舒暢
在盤臺的童話裏
我願做一棵狗尾巴草

2017

# 獅子門

錘子鑿子與手協調
賦予大石頭以威嚴
它帶著皇帝的恩賜
從燕山來到九華山
一對明代的石獅子

見證著施家的哀榮興衰
幾百年了，有口難開
如村裏曲曲折折的巷子
將新鮮的事物拒之在外
獅吼在暮色裏低徊

彷彿為守這殘磚碎瓦
而發出的哀歎與悲鳴
子孫住著高樓大廈
宗祖的餘蔭僅餘一對
獅子與搖搖欲墜的門廳

門前雜草淤塞的池塘
以及雕花刻獸的欄杆
供人參觀、憑弔一番
讚嘆：祖上先前也闊過
撫摸獅子，就想起了施天官

2017

# 九雅圖（組詩）——朱備散帖

題記：朱備鎮位於青陽縣城之南，九華山之東：獨秀、九子、天華、獅子、翠峰、五老、天柱諸峰在其境內。奇峰異景引來無數文人騷客、高僧大德，如李白、劉禹錫、了機、希坦、施下之、虛雲、智妙、大興、余光中……皆留有遺跡。今詩語概括，簡筆草圖，掛一漏萬，九雅以紀之。

## 0、空，不是無

天地有大美而不言。（莊子竊竊私語）
妙有分二氣，靈山開九華。（李白脫口而出）
奇峰一見驚魂魄。（劉禹錫高歌一曲）
客來客去無迎送，笑指懸崖灣又灣。（虛雲禪師念念有詞）
阿彌陀佛，空、空、空……（大興和尚說了還是沒說）

## 1、九子賞雪

大雪壓境。一場顏色革命
自東北華北淮北江北而江南
驟然發生。雪的暴力
白色花瓣覆蓋大地山川

李白吱忸一聲推開夏回家的木窗
手舞足蹈，幾年沒見這麼大的雪了
白茫茫一片，看那雪松披上白斗篷
看那山峰都染成白蓮花了
韋縣令，不如改九子為九華吧

韋權輿、高霽、夏回等人拍手稱善
於是，二三子吃酒、聯句為樂
九華山與青陽第一任縣令的美名
印在雪白的歷史上，流傳到今天

## 2、天華候月

老和尚緩緩合上華嚴經
直上天華峰，赴天地之約

山峰在雲霧之上，展開如蓮花
打坐絕頂，如露珠粘在花瓣
呈現萬古長空的光，天河燦爛
大地喧嘩，化為虛雲眼裏的一朝風月

月兒爬出東山，微微喘息，一聲問候
返觀自照，老和尚心滿意足，飄飄然
回茅棚輕輕躺下，怕驚了夜色

## 3、翠峰品茗

華嚴道場種著一片茶
名為夢覺香，詩僧了機所賜

虛雲禪師53歲來翠峰
幕天席地，喝著夢覺香
與師友參華嚴，究經教

品出了各種滋味

56歲下山，到高旻寺打禪七
開水燙著手，茶盅墜地
一聲破碎，虛雲如從夢醒

好一杯夢覺香啊

## 4、天柱尋幽

青峭灣，天柱峰如石筍挺拔
蘸著流雲在藍天寫詩

施下之帶領一群儒生
仰首點讀：逝者如斯

嚇得流水一線跌下山谷
疊石塔立地瘦成一根魚刺

娃娃魚騎上九節菖蒲
等待空山一場雷雨的爆發

## 5、心安焚香

智妙禪師打開柴扉
松濤如潮水般湧出
萬千辛勞雲收霧散了

八塊銀元購六畝山場
一把鋤頭，一柄刀
一個和尚，一禪寺

檀香在爐中嫋嫋
松毛簌簌落向石階
黃銅的鐘聲盈滿青山

山僧掃帚輕輕一揮
塵囂如浮漚堙沒在翠微

## 6、茅棚蒔花

大道至簡，無需輝煌的殿宇神龕
亦無需絡繹的信眾、旺盛的香火

搭個茅棚，壘個土灶，擺個香案
一個木魚、一個蒲團、一卷經書

門前數枝花，如一盞燈打破黑夜
比丘尼一生分明起來，水遠山長

## 7、雙溪撫琴

月泊中天，映在雙溪水上
詩僧希坦取出七弦古琴坐古樹下
為綠魚、白鳥、菖蒲、靈芽
撫一曲高山流水，琴音似月色
若隱若現在靜夜山河歲月之間

一想起臨安趙氏的半壁江山
琴弦砰然斷了一根。希坦肅然而起
彷彿聽見了北方駿馬噠噠的鐵蹄
呼嘯而來……

## 8、七布酌酒

雨後七布泉聲勢浩大
飛流直下，又跳了六下才坐穩
像喝多酒一般，拍石喧嘩

這是天與地的詠歎
還是山與水的禪唱
這是剛與柔的和弦
還是自然與遊客的對話

或是阿彌陀佛的獨白
凡事一鼓作氣，再而衰，三而竭
七次之後，歸於平靜、平淡、平息
大興和尚點了點頭，我一飲而盡

## 9、湖畔聽雨

千岩白雲，萬壑清風
過了幾遭幾劫，舊貌換新顏

小道修成公路，牛橋變成將軍湖
真身殿前善男信女遊客驢友摩肩接踵

余光中皖南問俗，龍口品茗觀山
在一泓清冽的湖邊停車，由牛橋想起牛津

詩人錦心繡口，吐露一句經典
「所謂鄉愁不全來自地理，也是歲月的滄桑」

一時細雨沙沙，如萬千鄉愁落下
小車像扁舟，載不動了，顛簸在九黃公路上

九九歸一，一像湖面遙遠的地平線
山是地平線上隆起的脊梁，我不過是過客

2018/3/10

# 東至三條嶺

三條嶺，三個走向
呈丫字形。

春天在這裏迷路。

我到這兒趕上春
與春留個影。

2018/4/1

# 石台白石嶺

前朝遺落的幾枚蟬蛻
晾曬在仙寓山的臂彎

先人走了，舞臺還在
石階、古木、黑屋脊
飛簷、門拱、馬頭牆
殘垣斷壁、荒草萋萋

我們走在水霧迷濛裏
探察舊居空空的謎題
深入陰氣森森的氛圍
聆聽一二聲老人嘆息

經過無情風雨的剝蝕
一磚一瓦、一欞一楣
飽含湮滅的諸多信息
獨自喧嘩像村口河水

2018/4/27

# 漁村阻雨

密密麻麻的雨滴
如李白的詩
在青山與白雲的繾綣之間
湯湯河水與瘦弱吊橋之間
揮灑，帶著春天的薄寒

秋浦河一夜之間豐滿
唱著李白的秋浦歌
向山外投奔長江而去
甩下我在岸邊悵望
如失散的遊子

我希望撿拾一首李白
十七首之外的絕句
反覆推演完一百零八個詞彙
混沌之中打了幾手臭牌
輸給了靈感耐心的捕手

2018/4/28

# 周莊如夢

在一棹欸乃聲裏醒來
周莊，退去宿夜的燈紅酒綠
在水霧迷濛裏，用一支旭日口紅
描畫出一眉石拱橋、一道石板路
一泓綠波、幾扇木窗、幾橫屋脊
一簾幽夢，在阿婆茶的杯中浮沉

沈廳、張廳、迷樓、道院、故居
一一過目，翻閱史書一般，時而驚心
時而感慨，時而扼腕，時而駐足
我心被周莊的軟糯吳語黏住了
隨著崑曲咿咿呀呀的慢節奏
無窮回味在陳逸飛的意境中

# 阿婆茶

清早挑來的活水
黃泥巴做的風爐
老祖傳下的銅吊
精致的青花小杯

女子煮一壺寂寞
與眾姊妹分享
配上一碟自家醃的鹹菜莧
三根蘿蔔乾、四個蜜棗青
或一碟酥豆、幾片醬瓜
鮮豔的菊紅糕
佐以各人的故事
打發百無聊賴的時光

婚後深宅大院的日子
好長，好長……

2018/5/10

# 池州，開在青山綠水間的花朵

池州市轄貴池區、東至縣、石台縣、青陽縣、九華山風景區，位於皖南長江之濱，池州素有「千載詩人地」之美譽。

## 一、貴池：杏花

充其量，杏花就是簪在
門前屋後的一枝春光

江南料峭春寒裏
沙沙一場雨後
呼啦一下，所有的杏樹
披上了一襲粉色的面紗
像農莊打出的朦朧旗語
山中曖昧的溪水見了
扭動豐滿起來的身軀
灌進空閒一冬的廣袤田畦
農民搖響鐵牛，犁起一浪
又一浪泥土。白鳥緊隨
啄食冬眠的蟲子

杏花在和煦的南風裏受孕

## 二、東至：菊花

一叢叢菊花的裸體
陶淵明遺留的一段心事
掛印而去，逆水而逃
不為五鬥米而折腰

秋菊怒放的精魂
紛紛如蛺蝶、如月光
落滿白霜的大地之上
棲滿魚鳥的升金湖上
如影隨形，菊花的影子
在東至古人類化石上
舜堯帝的傳說中

彷彿看見戴笠荷鋤的陶潛
隱約出沒在蜿蜒的田埂上
為收穫一擔稻子，喜極而泣
五棵綠柳下與鄰居對飲

而我心中荒蕪的桃花源
只住得這一位清貧的隱士
在煩悶之時，為我解憂
在忘形之際，給我警醒
在不笑的塵世將菊花插滿頭

## 三、石台：茶花

山靠山，山擠山，山壓山
在這逼仄狹小的空間裏
山民過日子多依賴於茶葉

春茶採摘之後，茶樹休憩一夏
一秋，冬季悄悄地開花了
不是那種姹紫嫣紅的觀賞植物
只有硬幣大小，花瓷白、蕊嫩黃
樸素、清爽、單純、平凡
像山裏的小男孩、小女孩
只有初冬的寒風認識
只有最後的蝴蝶熟悉
只有勤勞的蜜蜂喜歡

與霜花、野草、落葉為伴
沒有取悅於人的色彩
沒有嫵媚動人的姿態
沒有使人迷醉的香味
她只聽過百鳥的喧鬧
她只喝過天然的雨水
她只見過山頂雲舒雲蜷

茶花安之若素，典型的山民

## 四、青陽：桂花

冷風輕輕一吹，氣溫初降
蓉城大街上桂花開那麼稀疏幾朵
彷彿試探你。等第二次氣溫驟降
淡雅的花香，滿街滿街地流淌
無比奢華。我喜歡在丹桂飄香的
街上散步，享受這免費的撫慰

好像又回到夢裏的故鄉小山村
只有五六戶青磚黑瓦徽派房屋
石塝上一棵老桂花樹，兩人合抱粗
陳奶奶說，她嫁過來時，婆奶奶
說她嫁過來時奶奶講樹就這樣粗了
一季桂花能打兩擔多，賣給糕餅坊

後來做糕餅用香精，再也不收桂花了
那桂花香飄幾里路，等花謝時
秋風一吹，米粒大的金黃傘狀小花
簌簌地飄落下來，像下雪一樣
我們又蹦又跳，仰起頭去迎接
奶奶歎息沒有桂花的糕餅怎麼吃哦

那年她小兒子五千元賣掉了桂花樹
小村也拆遷了。站在滿目草木的舊址

我有種滄海桑田感。曾在大城市
遇見剪去枝丫的桂花樹，竟如他鄉
遇故人，懷疑這是不是我們村前的
夢裏聞見桂花香，醒來人在蓉城，無限惆悵

## 五、九華：蓮花

蓮花是非常中國的意象
與聖潔有關、與古雅有關
凌波仙子的款款微步
九華山上山下，隨處可見

說山是蓮花，卻是李白的發現
詩仙說九子山彷彿九朵芙蓉
盛開在夏夜的朗朗天河
陰陽二氣縈繞著護佑著靈山

而今，蓮花佛國已是九華的別稱
朝山拜佛的善男信女絡繹不絕
在菩薩的蓮座下，默默祈願
一生康健、天下太平、社會和諧

蓮花一朵一朵開滿人世間

2018/7/27

# 新河拾遺（二題）

## 間歇泉

掩藏草莽之中
一處有過顯赫聖名的
奇跡

像大山的喘息
時斷時續、或大或小
一眼地下間歇泉
以自己的個性
述說山中的祕密

被記載、被傳說、被神化
甚至也被膜拜
如今在人跡罕至的清靜裏
獨自面壁

## 周家橋

心田周家橋
我好奇，你的名字
像你的身材一樣纖巧
有如月牙的弧度
支撐著彼岸與此岸

我不知道心田的波浪
有多麼凶猛和震撼
曾經阻隔多少人的前程
奪走多少無辜的生命
分割人間幾多風景
修橋鋪路是行善的具象
百年來引渡過多少身影

在心田播種善的種子
結出的愛的果子
也如這橋，美麗如初

2018/12

# 落葉片片

1

我是月夜那夢蝶的人啊

2

現在，除了死
你一無所有

3

鳥在院外無葉的樹上
剛叫了幾聲
被過節的爆竹炸飛了

4

聽著烏達木的天籟之歌
遠逝的親人影子浮現在淚光裏
我什麼也不做，醉醺醺的

5

聽著舊屋簷下一群麻雀
嘰嘰喳喳，如聞鄉音

6

所有演員都已下臺卸裝
所有觀眾都已離去
此地空餘白雲千載

7

街角的垃圾桶，綠的淒慘
街頭的消防栓，紅的寂寞

8

柿子紅了
青澀變成柔軟甜滑
吃多了易得結石

9

詩人不懂政治
政治卻像詩

10

讀懂了宣紙的性格
你就理解了中國藝術

11

小菜市鴨子叫，聲震巷宇
彷彿昨夜空中的雁鳴
莫名的哀傷纏住了我的步履

12

晚年奧登的那滿面皺紋
如空中俯瞰紐約的街道
盤根錯節，又四通把達
像他的詩，可解又不可

13

禮失而求諸野。感受季節
需要走出圍城，去山野

14

人類就像殭屍裏的細菌
不斷繁殖、延續
其實，只是一次死亡之旅

15

候鳥，在田野飛
找不到去年的家
高高矗立的塔吊
不結果，不開花

16

我蟄伏在地下
等待驚蟄的輕雷

17

香樟卸盡去冬的葉子，暮春花開
香氣灑在街道上，甜甜的

## 18

失聯、擊落、墜毀
可見人終歸是脆弱的
渺小的、可悲的物種

2018

# 行腳青通河

1

歲月滄桑的泥沙
淤塞了古老的河道
扁舟的槳聲被擠了出去

2

一片蘆葦還沒有醒來
蔞蒿爬滿河床
看蒲公英打傘曬太陽

3

河水在十八索拐個大彎
甩掉貴池投奔到銅陵
彷彿當年外婆自大通逆水而上

4

今年春天的雨水稀薄
餵不飽饑渴的魚苗
十八索的湖裏有些魚漂著

5

外婆的小腳印遺失在河埂
跑鬼子反，匆匆到廟前嫁人
又與情人逃生到灣裏

6

之所以再度行腳這條河流
藏著私心，帶著身上的外婆
我想找回她失的魂、落的魄

7

一雙稚嫩的三寸金蓮
一步一步踏破清純的朝露
外婆的一生從此顛簸

8

過了銅埠，油菜花簇擁著河流
像迎候歸來的遊子一樣迎我上青陽
眼裏的蓮花峰忽然模糊不清了

2019/6/25

# 再見陵陽——屈原遺落的散簡

「當陵陽之焉至兮，淼南渡之焉如？」

一

殘月，不是鈍刀子
月光鋒芒犀利，如懷王的口諭
一下就刺破夜的黑袍

初夏的梅雨裏，枯木上
生長出一排排黑木耳
聆聽著地火的奔突

我借居在東山灣的茅棚裏
苦雨淅瀝瀝淋濕了杜鵑的饑啼
寬厚的箬葉，裹起了鄉愁

比荊楚的蘆葦還要清香
比阿姊的呼喚還要濃稠
比湘夫人的麗影還叫我惆悵

多年以後，想起這遙遠的
陵陽，這驚險的夏夜，依然
心驚肉跳，渾身直冒冷汗

蚊蟲瘴毒，危機四伏的境地

造青精飯、懸掛艾葉、飲九節菖蒲酒
依照吳越舊俗，能否保我平安

我行走猶如醉酒，魂魄似乎出竅
整日昏昏沉沉，亭長饋贈我靈芝糕
鄰居為我熬鯉魚湯，我無以回報了

## 二

若再前進一步，踏上越國的疆土
背上叛逃的惡名，在愛國者的口舌下
將萬劫不復，我豈不成了過街老鼠

擠在東遷的流民堆裏，像無頭蒼蠅
順江漂泊了許久。遠離混亂的中心
回不去了，我的郢都，正瓦釜雷鳴

我的初心：在法治、在變革、在強國
就像那陵陽山，眾山拱伏，主峰始尊
登高遙望郢都，一杯一杯我飲下茱萸酒

我的王，我的同宗，隱居或逃遁非我性格
沒有了施展的平臺，縱然我是鳳之子
祝融之後，火之精靈，也只有窮困獨守

想我荊楚，三苗之國，並了隨、曾、鄧，
伐過息、陳、鄭，拿下四十多諸侯國，問鼎中原
而懷王兵挫地削，客死於秦，荊楚一蹶不振

眼見著黃鐘毀棄，江河日下，世事混濁
我如落葉飄至陵陽，在地廣人稀，飯稻羹魚
這楚越交會之地，飲食、方言，是無形的壁壘

困獸猶鬥。環顧四荒，時局動盪，民生多艱
螻蟻小民求溫飽、安居、無災、有病而不得
一生像蜜蜂忙忙碌碌，如螞蟻匆匆來去

乾癟的黍稷高昂著頭，飽滿的稻穗彎下了腰
秋收的喜悅在干戈與鼓角爭鳴裏化為泡影
甘心沉淪在此一隅？我是北上，還是西歸

這是個大問題。路曼曼，上下求索這些年
而草木已零落，美人亦遲暮，我白髮蒼蒼了
襄王左右那麼多新貴與美人，已將我忘記

## 三

朔風自陵陽山頂傾瀉而下，生態急轉
白露為霜。紅蓼舉起細細的手臂
為那些不屈的冬青、蒼松、翠竹

宣誓助威，在路邊、在田頭、在水湄
在河畔，隨我行吟，與我踏歌，伴我起舞
有這一線生機，大地也就不再荒涼……

草葉間蛛網掛滿透明的水珠
松鼠一躍而過，陷阱中又有獵物
銅鑊裏飄出麂肉的香味，炭火正紅

把酒話稻麻。日之夕矣，牛羊下來
遠方服役的親人，葛衣織就、草鞋打好
不知道寄往何處，邊關的消息全無

我不劈柴，也不用餵馬，下放的日子
我就思考一個問題：美政，如何實現
貴族已腐朽，平民亟需教化。好在

眾神沒有拋棄我們，諸世紀以來
東皇太一、雲中君、河伯、山鬼
大司命、少司命……為國殤而招魂

烏鴉，成群的烏鴉，盤旋於曠野
雪花像萬千靈幡，在空中飛旋
祀壇搭起，篝火點起，娛神的儺舞跳起

披頭散髮，為山民助興歌一曲
「浮江淮而入海兮，從子胥而自適……」

我的楚辭、楚調、楚腔，聲振寰宇

或喜或悲或舒緩或憤慨，如巫師一般
令土豪驚愕、庶民失色，山川皆白
而我的心在流血……沒有人留意

## 四

在噪鵑清脆的嘲笑聲裏
我與陵陽說再見，揮一揮長袖
趁著泥濘的雨水到達之前

趁著官家的通緝令傳達之前
不知是否還能按時趕回流放地
我是貴族，有信仰，不是脫韁野馬

不是變色龍，多面人，我有我的原則
瞧陵陽山幽谷裏暗香浮動的蘭草
看陵陽山岩邊上激烈盛開的映山紅

那是我的影子？不，那是我遺落的靈魂
昔我來時淒風苦雨，今我離去雲淡風輕
水底的荇菜、山巔的石耳、深林的黃精

香池裏的蓮藕、陵陽河的石斑魚
都化作我的血液、骨骼、魂魄了
在軟儂的鄉音裏，我這荊蠻也被泡化

粗重的胃口也被精細的膾炙降服
陵陽山水陶冶了我，依依不舍
如白雲出岫，一絲一縷都是牽掛

每一次離別，都是痛苦的開始
每一次抵達，都是無助的結束
別了，陵陽父老鄉親……

2021/5/31

國家圖書館出版品預行編目

地老天荒：劉向陽詩選 / 劉向陽著. -- 臺北市：
獵海人, 2022.01
面； 公分
ISBN 978-626-95130-9-3(平裝)

851 110022496

# 地老天荒

## 劉向陽詩選

**作　　者**／劉向陽
**出版策劃**／獵海人
**製作銷售**／秀威資訊科技股份有限公司
114 台北市內湖區瑞光路76巷69號2樓
電話：+886-2-2796-3638
傳真：+886-2-2796-1377
**網路訂購**／秀威書店：https://store.showwe.tw
博客來網路書店：https://www.books.com.tw
三民網路書店：https://www.m.sanmin.com.tw
讀冊生活：https://www.taaze.tw

**出版日期**／2022年1月
**定　　價**／280元